山羊之歌

中原中也诗集

［日］中原中也 著
张丽娟 王九城 译

陕西师范大学出版总社

图书代号：WX19N0091

图书在版编目（CIP）数据

山羊之歌：中原中也诗集／（日）中原中也著；张丽娟，王九城译. — 西安：陕西师范大学出版总社有限公司，2019.4
ISBN 978-7-5695-0583-2

Ⅰ. ①山… Ⅱ. ①中… ②张… ③王… Ⅲ. ①诗集—日本—现代 Ⅳ. ①I313.25

中国版本图书馆CIP数据核字（2019）第032967号

山羊之歌：中原中也诗集
SHANYANG ZHI GE: ZHONGYUAN ZHONGYE SHIJI
[日]中原中也 著　张丽娟　王九城　译

出 版 人	刘东风
责任编辑	焦　凌
特约编辑	史开俊
责任校对	宋媛媛
装帧设计	ONEbook
出版发行	陕西师范大学出版总社
	（西安市长安南路199号　邮编710062）
网　　址	http://www.snupg.com
印　　刷	山东临沂新华印刷物流集团有限责任公司
开　　本	880mm×1230mm　1/32
印　　张	6
插　　页	4
字　　数	72千
版　　次	2019年4月第1版
印　　次	2019年4月第1次印刷
书　　号	ISBN 978-7-5695-0583-2
定　　价	39.80元

读者购书、书店添货或发现印装有问题，请与营销部联系、调换。
电　话：（029）85307864　85303629　传　真：（029）85303879

中原中也（18岁）

中原中也与上野孝子结婚（1933 年）

译者序

对于中国读者来说，中原中也可能不是一个熟悉的名字。像许多早夭的天才一样，他生前境遇潦倒，死后名声大噪。他的很多诗作被选入日本的教科书，他是昭和诗坛最耀眼的明星诗人，备受年轻人喜欢，被称作"日本的兰波"。

1907年4月29日，中原中也出生于日本山口县。父亲为军医柏村谦助，与中原福成婚之后，成为名门望族中原家的上门女婿，故改姓中原。谦助后自行开业，成为普通医师，在地方上享有名望，曾被选为议员。

作为家之长男，中原中也被寄予继承祖业的厚望。小学时代，他成绩优秀，被视为神童。故家中对其管教甚严，父亲经常带他外出钓鱼，不允许他和出身阶层不同的邻家孩子玩耍。

8岁时，弟弟亚郎的去世，令中也伤心不已。在他晚年的

i

作品《我的诗观》中，有关于他诗歌创作原点的记录，他写到："为悼念亡弟，我写下人生的第一首诗歌。"

1914年，中原中也进入山口县下宇野令小学就读。11岁，他转学到山口师范学校附属小学，受实习教师后藤信一的影响，开始创作短歌。1920年，他进入县立山口中学，由于热衷文学而荒废了学业，导致初中三年级留级。因此，他转学去了京都立命馆中学。在那里，16岁的中原中也接触到达达主义和法国象征派的诗，法国诗人兰波、魏尔伦等人的作品，深深地吸引着他。同一时期，他邂逅了日后对其影响颇大的富永太郎和见习女演员长谷川泰子。

1924年，年仅17岁的中原中也与年长他三岁的泰子同居。1925年他以参加大学预科考试为由，带着长谷川泰子奔赴东京。在富永太郎的介绍下，结识了日后成为日本文学评论泰斗的小林秀雄。但不久，泰子离开中也，搬去了小林那里，这成为日后为人津津乐道的昭和文坛著名的三角恋爱。以搬迁东京生活为起点，中原中也开始真正融入文学圈，结交了很多怀抱文学梦想、才华横溢的年轻人，其中就有日后声名鹊起的作家大冈升平。

之后，他与大冈升平等人创办同人杂志《白痴群》，这标志着他诗人活动的正式开展。这期间，他在《生活者》《纪元》《半仙戏》《四季》等刊物上发表了不少诗作和译作。

1933年，他与远亲上野孝子结婚。第二年，长子文也诞生。而他的第一部诗集《山羊之歌》在小林的帮助下也终于得以出版。小林在书评中写道："他带着一颗高贵的诗心。"随着小林担任《文学界》的总编，他发表作品的机会也多了起来。

1936年，长子文也夭折，遭受丧子之痛的中也精神出现问题，曾一度住院治疗。出院后，他搬到神奈川县镰仓居住，本打算休养身心，却没能敌过病魔。1937年10月22日中原中也辞世，年仅30岁。

年仅三十便辞世的诗人，留下的诗作并不多。在此，我们只翻译了他的两部自选诗集——《山羊之歌》与《往日之歌》。

中原中也的两部诗集翻译完成后，对辞世长达半个多世纪的异国诗人的距离感、陌生感，被充实感、亲切感替代。放眼望去，周遭的事物仿佛也沾染了诗人的真诚与落寞。

漫步在暮色下的公园里，看到那一池莲花，脑海里便浮现出：

采摘后聚拢成堆的莲花/当回家晚餐的时刻到来/被抛掷在/氤氲着春日雾霭的土地上

——《春日幽思》

雨后，池塘里青蛙叫声远远传来，便不由得想知道它们为什么鸣唱：

天空笼罩着大地/大地上恰巧有座池塘/池塘里青蛙整夜都在鸣唱……/——它们，为什么鸣唱？

——《蛙声》

《蛙声》放在《往日之歌》最后，翻译初始并没有什么感觉，随着反复阅读，推敲，才体会到其深意。天空笼罩下的池塘中，青蛙不停地叫着。乌云压顶，叫声只能沿着池面奔走，可总会有部分声音穿透乌云直至天空。

在繁华都市热闹的人群中，眼前经常出现幻影，一个薄命小丑的形象栩栩如生。"他穿着纱织的衣服……沐浴着洁白的月光／在怪异而明亮的雾气中／缓慢地晃动着朦胧的身躯／只有目光始终，真诚如初。"诗人的自画像清晰地立于面前。灵魂仿佛与另一个灵魂交融。

　　诗歌照进现实，虚幻与真实重影。翻译的过程，情绪受到诗人的影响，时而狂热时而悲伤。血液里流淌的黄昏、夕阳中孤单的前行、从青春穿过的彼岸花、石板路上远去的爱情，最终曲终人散的秋之夜空，换来一声沉重的叹息。

　　中原中也站在繁华与荒凉的交界线上，左手繁华右手荒凉，无论向左还是向右，注定孑然一身。孑然一身的他，独立苍穹之下，耳畔回荡着天空之歌，大海之歌……

　　最后，说一个插曲，诗集《山羊之歌》其中的《羊之歌》中，诗人借用了波德莱尔一句诗：我的一生仿佛是场可怕的暴风雨，虽然有时也会有斑斑点点的阳光洒落。翻译伊始，我不假思索地译作"虽然我的一生仿佛是场可怕的暴风雨，有时也会有斑斑点点的阳光洒落"。"虽然"一词顺序的调整，完全昭示出两种心态，我属于后者，在漫漫人生苦旅中无限放大希望。而遭受失恋、失子、病痛折磨，三十岁便辞世的敏感孤独的诗人，显然想表达的是前者。尊重原作尊重诗人是翻译初衷，而将诗作的含义尽可能地传达给读者是译者的追求。

　　水平所限，错误在所难免，不尽之处恳请指正。

目　录

山羊之歌

春日黄昏

春日黄昏　/ 4
月　/ 5
马戏团　/ 6
春　夜　/ 8
朝　歌　/ 10
临　终　/ 11
都市夏夜　/ 12
秋之一日　/ 13
黄　昏　/ 15
深夜思　/ 16

冬雨之夜　/　18

归　乡　/　19

骇人的黄昏　/　20

远逝的夏日　/　21

悲伤的清晨　/　22

夏日之歌　/　23

夕　照　/　24

港口小镇之秋　/　25

叹　息　/　26

春日幽思　/　27

秋之夜空　/　28

宿　醉　/　29

少年时

少年时　/　31

盲目之秋　/　32

我的香烟　/　36

妹　妹　/　37

寒夜自画像　/　38

树　荫　/　39

消逝的希望　/　40

夏　/　42

心　象　/　43

三千子

三千子 / 46

在污浊的悲伤中…… / 48

无　题 / 49

夜深深 / 54

罪犯之歌 / 55

秋

秋 / 57

修罗街挽歌 / 60

雪　夜 / 64

成长之歌 / 66

恰当其时…… / 69

羊之歌

羊之歌 / 71

憔　悴 / 75

生命之声 / 81

往日之歌

笔间茶话

羞　涩 / 88
空　虚 / 89
深夜的雨 / 90
早春的风 / 91
月 / 93
清纯的眼眸 / 94
三岁的记忆 / 96
六月雨 / 97
下雨的日子 / 98
春 / 100
春天的诗 / 101
夏　夜 / 102
稚兽之歌 / 103
这个小孩 / 105
冬天的记忆 / 106
秋　日 / 107
寒　夜 / 108
冬日黎明 / 109
塑造一个老人 / 110
湖　上 / 112

冬　夜　/ *114*

秋的消息　/ *116*

骸　骨　/ *117*

秋日狂乱　/ *119*

朝鲜女　/ *121*

夏夜的白日梦　/ *122*

春天与婴儿　/ *123*

云　雀　/ *124*

初夏之夜　/ *125*

北　海　/ *126*

天真的歌　/ *127*

静　寂　/ *129*

滑稽的歌　/ *130*

往　事　/ *132*

残　暑　/ *135*

除夕的钟声　/ *136*

雪　赋　/ *137*

我这半生　/ *138*

独身者　/ *139*

春宵感怀　/ *140*

阴　天　/ *142*

蜻蜓寄怀　/ *143*

永诀之秋

一去不复返 / 145

童话一则 / 147

幻　影 / 148

厚脸皮女子的丈夫之歌 / 149

无言的歌 / 151

月夜海滨 / 152

春天还会来…… / 154

月　光　其一 / 155

月　光　其二 / 156

村子里的钟 / 157

某男的肖像 / 158

冬天的长门峡 / 160

米　子 / 161

正　午 / 163

春日狂想 / 164

蛙　声 / 168

《往日之歌》后记 / 169

中原中也年谱 / 171

山羊之歌

〔春日黄昏〕

春日黄昏

白铁皮屋顶吞食着薄脆饼
春日的黄昏充满了祥和
低手投球扬起的尘灰一片苍茫
春日的黄昏静悄悄的

啊！稻草人不在了吗——或许在
马儿在嘶鸣吗——或许没有嘶鸣
唯有月华锦缎般铺展开来
多么温顺啊　这春日的黄昏

渐渐地原野上的寺院变红了
运货马车的车轮　油已干涸
我若就历史和现在发表言论
大声嘲笑我的　是天空与高山

一枚瓦片　被掀落下来
春日黄昏
静静地　流淌着
在我的　静脉血管里

月

今夜的月儿分外愁苦
养父睁大的眼睛布满疑惑
时间是沙漠里流淌的银波
老男人的耳垂有萤火闪烁

啊　在被遗忘的运河彼岸
胸中还残留着战车的轰鸣
从生锈的铁罐中取出烟草
月慵懒地吐着烟圈

围绕着它的七个仙女
踮起脚尖不断地舞蹈
侮辱感湮没了月的心

没有给予月丝毫慰藉
散落远方的那些星子哟！
月正等待着刽子手的来临

马戏团

不知经过了多少年代
　　有了茶色战争

不知经过了多少年代
　　冬天有狂风吹起

不知经过了多少年代
　　才有了今夜此地一时繁盛
　　才有了今夜此地昙花一现

在马戏棚高高的房梁上
　　悬挂着一架秋千
一架从未见过的秋千

头倒立手悬垂
　　在披着脏兮兮的棉布的屋顶上
摇啊　摇啊　摇啊摇

旁边悬挂的白炽灯
　　系着廉价丝带喘着气

观众们沙丁鱼群般地围聚
　　　　像牡蛎似的从喉咙里发出呼声
　　摇啊　摇啊　摇啊摇

　　　　屋外那么暗　黑暗浓得化不开
　　　　夜色愈加深了
　　　　降落伞一样的乡愁
　　　　摇啊　摇啊　摇啊摇

春　夜

泛着银灰的窗框内温馨弥漫
　　一枝花，桃色的花。

沐浴着月光仿佛失去了心神
　　庭院地面上斑斑点点。

啊，没事儿没事儿
　　树木羞涩地摇晃着。

这些明澈的声响
　　没有希望，也没有忏悔。

唯有虔诚的木工，
　　还在梦里追逐商旅的脚步。

映照在窗户上忽而清晰、忽而模糊的
　　是透着沙色的绢衣。

巨大的钢琴在心中奏响
　　此刻没有先祖，也忘记了爹娘。

就在家犬埋葬的地方,
　　从藏红花的色彩里喷涌而出的
　　　春夜哟。

朝 歌

天花板　抹上了朱黄
　　从门窗缝隙　泻进来晨光
充满乡土气息的军乐　回忆起
　　倦怠乏力　了无兴致

小鸟的歌声　已听不见
　　今日的天空　浅浅地蓝
厌倦的　心啊
　　没有什么　可以告慰

树脂芳香　清晨徒生烦恼
　　无从寻觅　多彩的梦
防护林中　风是否在呜咽

安详静谧　天空宽广无边
　　沿着河堤一直走　是否会消失在尽头
多么美啊　那些多彩的梦

临 终

秋日的天空呈现深灰色
黑马的眼睛闪着光亮
　　枯萎的百合花凋落了
　　啊　我的心变得空空荡荡

既无神明亦无亲朋
窗边的妇人悄然死去
　　苍茫的天空闭上了眼睛
　　苍白的风寒冷刺骨

她曾在窗边梳洗长发
裸露的手臂多么优雅
　　沐浴着朝阳的光辉
　　秀发上的水珠滴答滑落

小镇依然喧闹
夹杂着孩子们的欢笑
　　可是啊　这幽魂何去何从？
　　化作一缕　轻飘飘的空气？

都市夏夜

月亮像悬挂在天空上的金色勋章,
街角的建筑好似管风琴,
玩累的男人们唱着歌走在回家的路上
——此刻衬衫的领子皱皱巴巴。

他们的嘴巴张得很大
心中隐藏着丝丝悲伤。
哪怕头脑里一片混沌,
还是啦啦啦地唱下去。

繁忙的商务以及先祖的期望
并没有忘记,
这都市夏天的深夜——

像熄灭的火药沉沉睡去
只要眼睛里还映着街灯的光
就要啦啦啦地唱下去。

秋之一日

今天清晨,睡懒觉的人,
由于击打门窗的风和车轮滚过的声响,
好似在海妖塞壬[1]出没的大海上沉浮。

和小摊贩交谈的夏夜,以及
建筑师的良心已消失不见。
所有的一切都成为历史,以及
遥远的花岗岩时代的地平线色彩。

今早所有人都顺从在领事馆的旗帜下,
除了锡杖、广场和天鼓[2]我什么都不知道。
也不在意软体动物嘶哑的喊声,
蹲在公园紫丁香花下,婴儿把沙子放入口中。

　　(淡蓝色的月台
　　喧闹的少女和嘲笑的小混混
　　讨厌　真令人讨厌!)

把手插进口袋
一路穿行,到达码头
为了慰藉今天的心灵
来寻找灵感的碎片。

1. 塞壬,希腊神话中人面鸟身的海妖,与人鱼一样有着迷惑水手的致命歌喉和一张美丽迷人的女性面孔。

2. 天鼓,能乐的曲名。

黄 昏

在幽静昏暗的池面上,
聚拢的莲叶晃动着。
莲叶,因为过于肥厚,
只发出窸窸窣窣的声响。

听到声响我便心旌摇曳,
目光追逐着朦胧的地平线……
却只见黑黢黢的山在窥伺
——失去的东西再也不会回来。

有过悲伤却从未如此悲伤
草根的清香悄悄地袭来,
田里的泥土和石块一起盯着我。

——我竟然从未想过耕耘!
就这样一动不动茫然地立于黄昏,
当父亲的容貌浮现我便一步两步开始行进起来

深夜思

是发泡石灰的
风干
急剧地——稚幼女孩的哭声,
皮包店老板娘昨夜的抽泣。

黄昏的树林
嗓音沙哑的母亲。
虫儿在树梢周围飞来飞去,
叼着奶嘴跳着滑稽的舞蹈。

波浪形毛发的猎犬已跑远了,
猎人猫着腰追赶。
森林中蔓延铺展的草地
　　忽然变成陡坡!

玛格丽特[1]走向漆黑的海边
面纱被风撕扯成无数的碎片。
她的肉身必须投入大海,
神父般庄严的大海!

立身悬崖边的她的头顶之上
精灵们描画着古怪的纹路。
她的回忆定格在整理悲伤的书房
她必须马上死去。

1. 玛格丽特,歌剧《浮士德》中的女主人公。

冬雨之夜

裹着冬天漆黑的夜

大雨倾盆而下

——余晖中被抛弃,枯萎的萝卜瑟瑟发抖

明明还是个不错的天气——

如今裹着这漆黑的冬夜

倾盆大雨下个不停

雨中传来夭折的女孩们的哭泣声

aé ao, aé ao, éo, aéo éo!

在冷雨中漂着

什么时间消失不见了,那乳白色的冰袋……

如今裹着这漆黑的冬夜

倾盆大雨正下个不停

母亲束和服的细丝带

在雨水中漂浮,光华褪尽

人世间温情种种

最终只剩下一片橘色……

归 乡

老家的廊柱和庭院都很干爽
今天是个好天气
　　廊檐下的蜘蛛网
　　正在颤巍巍地晃动

山间的枯木也焕发生机
啊，今天真是个好天气
　　路边草色青浅
　　仿佛孩子气的忧愁

这里是我的故乡
清爽的风也温柔地吹着
　　"想哭就痛快地哭吧"
　　中年妇人也对我轻声细语

"嗨，你回来做什么呢……"
迎面吹来的风向我私语

骇人的黄昏

肆虐的狂风,终于疲倦,
草已低下了头,我似乎看到
那些久远的隼人[1]部族。

他们擎着银色的竹矛,
沿着湖滨,持续行进。
——小人物的心充满自信。

没有风的邀请,大地上
横陈着的累累尸体——
在空中,搭起了祭坛。

家家户户,那些明哲保身的臣下之臣,
纷纷藏匿起,被尼古丁熏黄的牙齿。

1. 隼人,古代日本南九州地区的原住民。

远逝的夏日

林荫木的树枝做着深呼吸，
天空高高在上，俯瞰着它们。
阳光照射着遗落在沙滩上的玻璃碎片，
徒步而来的旅人眼露惊奇。

山顶上，如此澄澈如此透明，
好像金鱼或少女清新的呼吸。
迎面飞来的那架飞机上，
有我昨天涂上的昆虫的泪水。

风把彩带送上了天空，
我想说曾经陷身大海的故事
还有那波浪的情形。

我想说，
骑兵联队或上肢运动，
下级士官的红色靴子，
以及沿着山路行驶的没有骑手的自行车。

悲伤的清晨

循着河滩的潺潺水声来到山里,
春天的阳光,仿佛凝固的石头。
石缝间流水滑落,像是一位
讲故事的白发老妪。

张着云母一样薄薄的嘴唇歌唱吧,
仰面朝天,歌唱吧,
心已干涸皱纹枯萎,
好似在巨石上,走钢丝。

不为人知的心之火焰,飘向空中!

大雨哗哗,将我浇透。

…………

不管怎样我且拍手吧……

夏日之歌

蔚蓝的天空静止不动,
没有一丝云彩。
　　在夏日正午的静谧里
　　煤炉的火焰也格外清幽。

夏日天空藏着什么,
藏着什么惹人怜爱的东西。
　　急躁冒失的向日葵,
　　已在乡下车站盛开。

精心地将孩子抚育成人,
酷似母亲叮咛的汽笛声鸣响。
　　在奔行到大山附近时。

沿着山路行驶,
鸣响酷似母亲叮咛的汽笛。
　　在夏日正午的酷热时分。

夕 照

丘陵,仿佛女人手臂叠放胸前
向后退去。
夕阳,给它们抹上慈爱的
金黄。

荒原上的野草,
哼唱着乡间歌谣。
山中的树木,
像我的母亲消瘦苍老。

恰当此时我看到
被孩子们踩碎的
蛤蜊肉。

恰当此时越要保持着正直
高尚的内心
双臂交叉着踽踽前行。

港口小镇之秋

朝阳照射着,石壁
秋日的天空美到极致。
对面的港口看上去,
仿佛蜗牛伸着触角。

大街上老人磕着烟灰。
瓦屋顶伸了个懒腰
割裂了天空。
公务员的休息日——到处是棉和服的身影。

"假如还有来生……"
海员引吭高歌。
"快来玩跷跷板吧……"
狡黠的老婆婆附和。

  港口小镇的秋日,
  温顺中带着狂放。
  就在那一天,
  我丢失了人生的座椅。

叹 息

——致河上徹太郎

叹息声飘向夜幕下的泥沼,
在氤氲的瘴气中泛出幽光。
那含着怨恨的幽光在暗夜游荡,发出噼啪声响。
树木仿佛年轻的学者朋友们的,脖颈。

拂晓时分地平线上,窗户开启。
拉着货车的农夫,走向城镇。
叹息声愈发沉重,
那是货车发出的声响在山间回荡。

原野突兀的山峰上的青松,是在守护我吧。
那淡然不苟言笑的感觉,如同我的叔父。
神仙似乎正在捕捞,大气层底下的鱼。

若是天气阴沉,蝗虫的眼睛,会在沙土中窥伺。
远方的城镇,朦胧似石灰群。
彼得大帝的眼眸,在云中闪烁。

春日幽思

采摘后聚拢成堆的莲花
　　　当回家晚餐的时刻到来
被抛掷在
　　　　氤氲着春日雾霭的土地上

再一次满怀眷恋地眺望
　　　不在意地拍拍手
一路飞奔而归
　　　　（这余晖漫洒的天空哟！）

回到家中
　　　屋子里弥漫着祥和
秋日夕阳下的山峦或炊烟
　　　　是令我神往的存在

　　　　仿佛置身古代富丽堂皇的大殿中
　　　　　方块舞曲　悠悠荡荡
　　　　　　方块舞曲　悠悠荡荡
　　　不知何日便会消失不见的　方块舞曲！

秋之夜空

这场面,真是热闹,
大家纷纷说着各自的事情,
氛围高雅中透着冷漠,
这些汇聚一堂的夫人们。
　　凡间秋夜,
天界热闹繁华。

在光滑如镜的地板上,
金属煤油提灯正丝丝燃烧。
她们顶着小小头颅、拖着长长裙裾,
竟然连一张椅子都没有。
　　凡间秋夜,
天界灯火辉煌。

微微泛着光亮的天界
远古的影祭正在上演,
静静地静静地繁华着
这天堂盛大的夜宴。
　　我在凡间驻足仰望,
不知不觉间曲终人散。

宿　醉

清晨，混沌的阳光照射进来
　　有风吹拂。
数以千计的天使们
　　在打篮球。

我紧紧地闭上眼睛，
　　一个可悲的醉汉。
已经废置的火炉，
　　遍布苍白锈迹。

清晨，混沌的阳光照射进来
　　有风吹拂。
数以千计的天使们
　　在打篮球。

〔少年时〕

少年时

夏日阳光照射着黝黑的石块,
庭院地面,在朱红色中沉睡。

地平线上蒸汽升腾,
俨然时代消亡的,征兆。

风低低地吹拂着麦田,
朦朦胧胧,灰茫一片。

翔云投下的阴影,
掠过田面,仿佛古时巨人的身姿——

夏日午后时分
人们还都在午休,
我独自奔向原野……

我嘴唇紧抿咬碎希望,
闪光的眼睛逐渐灰暗……
啊,曾经活过,我曾经活过!

盲目之秋

Ⅰ

风起了,浪滔滔,
　　我向着无垠的前方挥动手臂。

忽然,一朵小小的红花映入眼帘,
　　然而转瞬即逝。

风起了,浪滔滔,
　　我向着无垠的前方挥动手臂。

想起那些一去不复返的事情,
　　徒留下几声冷冷的叹息……

我的青春已然化作坚硬的血管,
　　彼岸花与夕阳从那里悄然穿过。

安静从容、璀璨夺目,满满地占据着我的心,
　　仿佛弃我而去的女人慰我以最后的笑容。

庄严，充实，以及深深的寂寞
　　异样，温暖，隐隐约约残存在胸腔……

　　　啊，在胸腔里残存……

风起了，浪滔滔，
　　我向着无垠的前方挥动手臂。

Ⅱ

这怎么办，那怎么办，
如此种种已经无所谓。

这是怎么回事，那是怎么回事，
如此种种越发无所谓。

男儿当自强！
其余的且随它去吧……

自强，自强，自强，自强，
如此足矣莫迁罪他人。

从容，豁达，如稻草束般冷眼旁观，
将朝雾塞满蒸锅，令其冲天一跃岂不妙哉！

Ⅲ

我的圣母马利亚!
  好歹我呕心沥血……
不能得到你丝毫垂怜,
  总之我彻底输了……

这么说也许是因为不再天真,
  这么说也许是因为丧失了自尊,
因为我对你的爱慕是极其自然的,
  所以你也爱过我……

哦!我的圣母马利亚!
  事已至此我已无能为力,
但至少明白这点道理——

极为自然,极为自然地令人爱慕,
  并非唾手可得的容易事情,
我虽然知晓这个道理,也不能获得任何慰藉。

Ⅳ

至少在我将死的时刻,
那个女人会为我敞开胸怀吧。

那时我不希望看到一张敷粉的脸，
那时我不希望看到一张敷粉的脸。

只需静静地敞开胸怀，
请在我的视线范围内。
　　我讨厌任何筹划，
　　　即使是以我的名义筹划。

只需含着泪水泫然欲泣，
请用你温暖的气息环抱着我。
——一旦有泪水滑落，

一旦滑落到我的身上，
那么就将我杀死罢。
我会甘之如饴地奔赴迢迢遥遥的黄泉路。

我的香烟

你那白皙的双腿,
　　　在黄昏,在港口小镇寒冷的黄昏中,
嗒嗒嗒嗒,踏在石板路上。
　　　路边店铺的灯亮了,次第亮起来,
我一边欣赏一边走着,
　　　你忽然出声道,
找个地方歇会儿脚吧。

于是我,放弃了渡桥和压舱货,
　　　推门进入一家西餐馆——
嗡嗡的嘈杂声,令人憋闷的蒸汽,
　　　仿佛闯入了另一个世界。
于是我,盯着你那不合时宜充满朝气的面庞,
　　　落寞地抽起了香烟,
一口,一口,吸着香烟……

妹 妹

夜,美丽的灵魂在哭泣,
　　——她做的明明是正确的呢——
夜,美丽的灵魂在哭泣,
　　"死掉才好呢……"如此嘟囔着。

潮湿的原野上黑土绵延,低矮的草上
　　夜风吹拂,
"死掉才好呢,死掉才好呢",
　　美丽的灵魂哭泣道。

夜,晴空高远,和风习习
　　——除了,我,别无选择……

寒夜自画像

即使没有光明指引
只要握紧手中的缰绳
便能穿越这阴霾密布的区域!
只要心明志坚
便不会在冬天的寒夜里自怨自艾
因焦躁不安而愁肠百结
或被憧憬击昏头脑的女人们的哼唱
会使我感受到丝丝痛楚
可是,尽管刺向我的身体吧。

面对诱惑保持冷静,
仪容整洁有风度
克服自己的懒散
一任寒月凄冷无边。

开朗,从容,不出卖自尊,
这便是我的灵魂祈愿!

树　荫

神社的牌坊沐浴着阳光
榆树的叶子轻轻摇晃
夏日正午绿油油的树荫
抚慰着我的懊悔

沉重的懊悔　如影随形的懊悔
我的过去是无聊至极的玩笑
最终沦为饱含泪水的悔恨
最终沦为根深蒂固的疲惫

于是从清晨到日暮
我的生活除了隐忍再无其他
没有怨恨茫然若失
仰望苍天的我的目光——

神社的牌坊沐浴着阳光
榆树的叶子轻轻摇晃
夏日正午绿油油的树荫
抚慰着我的懊悔

消逝的希望

在暗沉的天空中消逝
　　我年轻时燃烧的希望。

如同夏夜之星如今依然
　　在遥远的天幕上闪烁,如今依然。

在暗沉的天空中消逝
　　我年轻时燃烧的希望。

如今蛰伏于此
　　如同一匹野兽,幽思昏沉。

可我无法知晓那些幽暗的思绪
　　何时阴霾扫却,

犹如在夜之大海里沉溺
　　偶尔仰望,天空的月亮。

波浪汹涌至极
　　月儿明澈至极,

呜呼哀哉！我年轻时燃烧的希望
已经消逝在暗沉的天空中。

夏

几欲呕血　倦怠，乏力
这一天阳光照耀着田地，照耀着麦苗
死一般的悲伤笼罩着我，晴空高远
呕血般的倦怠，乏力

天空在燃烧，麦田一望无际
云朵飘浮，光线刺目
这一天太阳如火炭，大地昏睡
呕血般的痛楚禁锢着我。

如暴风骤雨般的心路历程
仿佛已经终结
竟然再扯不出一丝往日的心绪
激情燃烧的岁月已在彼岸死去。

我残留世间，行尸走肉般——
呕血般的痛楚与哀伤。

心　象

I

微风吹拂着松树，
踩踏碎石子的声响寂寞荒凉。
温暖的风抚摸着我的额头
记忆遥远，却令人无限眷恋。

如果坐下来，
浪涛声便会格外清晰。
没有一颗星
天空仿佛黑色的棉絮。

在刚刚驶过的一艘小船上，
船夫似乎对他的妻子说了句什么。
——那句话，我没有听清。

浪涛声格外清晰。

Ⅱ

已经消逝的过去
常令我泪流满面。
城墙早已风干
风吹起。

野草随风飘摇
越过山岗,穿过原野
一路奔波不停
依然看不到白色天使的来临。

可怜的我渴望着死去,
可怜的我还想着苟活
呜呼哀哉,那一去不复返的过去。

泪如泉涌。
从晴朗的天空,
吹来风。

「三千子」

三千子

你的胸怀如大海
因为开阔所以波涛汹涌。
苍穹高远,海浪蔚蓝,
凉爽的风吹拂着
掠过松树的枝头
白茫茫的海岸绵延一片。

你的眼睛里辉映着
那片无边无际的天空
排浪汹涌而来,海滩蜿蜒起伏,
你的眼中景象瞬息万变。
不由自主,你的目光便被
驶向大海的小船深深地吸引。

你的额头美到极致
像忽然间被声响惊吓
从午睡的梦中醒来的
一匹公牛,天真无邪,
明媚安详
你抬头,俄而复又垂下头去。

柔柔的，仿佛彩虹般的是你的脖颈

软软的，仿佛婴儿般的是你的手臂

和着快节奏的弦乐歌曲，你娴熟地舞蹈，

海面上铺满了宛若被泪水浸润的金色夕阳

海滩，愈发遥远，远方宁静而润泽

当你的气息即将散尽空中的时候，我看到了你。

在污浊的悲伤中……

陷身在污浊的悲伤中
今日小雪复飘飘
陷身被玷污的悲伤中
今日寒风又烈烈

污浊的悲伤
即使裹上裘皮大衣
污浊的悲伤
依然在风雪中瑟缩

污浊的悲伤
没有祈求没有奢望
污浊的悲伤
在倦怠中梦见死亡

陷身在污浊的悲伤中
感受到痛苦与彷徨
陷身在污浊的悲伤中
无可挽回暮色苍茫……

无 题

I

爱人哟,你予我以温柔,
而我却固执己见。昨夜与你分别后,
我又喝了酒,更对弱者恶语相向。今朝
醒来,你的温情再次涌上心头
令我痛感自己的污秽不堪。于是
神志不清地在此陈情,不顾羞耻,
没有风度,可是还做不到坦诚相待
我被我的幻想驱赶着,几近疯狂。
根本不会体谅别人的情绪。

爱人哟,你予我以温柔,
而我冥顽不灵,像个孩子般我行我素!
一觉醒来,脑袋里残留着宿醉的阴霾,
我一边体会着户外清晨的寒意
一边品味你的温柔,同时想起自己的恶劣行径。
于是,悲哀地发现我不了解自己,
我一无是处,今朝我终于确信!

II

她的心率真坦荡!
她在粗放中成长,
身无依靠,心无所养,
在杂乱不堪的环境中
逐渐长大,她的心志
比我的更加率真且坚定。

她多么美丽。在难以明辨的世间旋涡中
她聪明且稳重地成长。
由于几乎无法分辨的世间旋涡,
她偶尔也会遭遇挫折,显露脆弱和焦灼,
但是,她并没有丧失最后的风度
她那么美丽,那么聪慧!

曾经她的灵魂,是多么地渴望一颗温柔之心!
可是现在她彻底放弃了。
因为除了我这个自私、幼稚、时而像野兽时而像顽童的怪胎,
她再无所遇。况且她并未认识到这一点,
只是认定,所谓的人类,统统是一群无赖。
她因此变得无精打采。她真可怜!

Ⅲ

委身于悲惨的人世间,请不要
将心变得冷硬。
我期待得到你的温柔相待
请不要,将心变得冷硬。

当心变得冷硬的时候,心窗关闭
灵魂拒绝语言的安抚
当心安详温和的时候,人会回归本初
邂逅瑰丽的梦,并能明辨是非。

忘掉吧舍弃吧,我的心我的魂
在酩酊大醉的疯狂中,苦寻美好
这便是我人生最大的悲哀。

我的心已不会荡起涟漪,
争强好胜潜滋暗长
空余高烧般的病态没有悲伤。

Ⅳ

我正在想你呢。
怀着纯粹、平和且澄明的心情,

不分白昼与黑夜,
甚至连自己都觉得自己仿佛罪人。

我爱着你哟,全身心地爱着你。
想过做各种各样的事情,但想归想
最终还是什么都没做到,
因为我要舍弃自己全力以赴地爱你。

而除了如此,我已经
没有了任何目标与希望
全力以赴,于我而言便是幸福。

幸福,忘却世间一切烦忧,
不必理会结局如何,因为
能为你倾尽全力便是幸福!

V 幸 福

幸福就在马厩中的
稻草堆上。
幸福
平和的心能在瞬间了悟。

  冥顽的心,因为不幸而焦灼不安,
  于是不断用眼花缭乱的
  各种各样的事情排解愁绪。
  于是变得更加不幸。

幸福,需要适当休息。
所以该做的事情
且慢慢地做吧,
幸福,需要更多的包容。

  冥顽的心,总是缺乏包容,
  不知道该做什么,只是为利益奔走,
  意气消沉,动辄发怒,
  惹人嫌弃,兀自悲哀。

既然如此,人啊,姑且学会顺从吧。
顺从,不是为了迎合他人,
尽量学会纯粹地顺从,不断地学
你的风度将会提升,彰显出品格魅力!

夜深深

——致内海誓一郎

每夜每夜,每当夜深人静,附近的澡堂
　　　便传来汲水的声响。
流出来的洗澡水热气氤氲,
　　　好似从前漆黑的武藏野之夜。
雾气从容不迫地笼罩着四野
　　　雾气之上月光明亮,
犬吠声声从远处传来。

彼时,我正坐在炕炉前,
　　　做着一个纤柔的梦。
罪过啊……时至今日爱情早已破灭
　　　我却保留着一颗温存的心,
是夜那些过往发酵成喃喃低语,
　　　我满怀感恩聆听,
我满怀感恩聆听。

罪犯之歌

——致阿部六郎

我的一生,就像是被拙劣的园艺师,
极速催长,造就的悲剧!
我身体血液的绝大部分,
充斥到头部,容易沸腾,冒烟,起泡。

遇事不沉着,焦躁易怒,
常被外部事物牵着鼻子走。
行为愚蠢,
想法乖僻。

于是这棵可怜的树,
披着粗硬的树皮,经受风吹雨打,
一颗心,却沉浸在往事的追忆里。

为人懒散,举止无常,
待人接物意志薄弱,动辄阿谀奉承,于是
我丧失了自我,做出了愚蠢至极的事情。

【秋】

秋

I

昨日还燃烧般炙热的田野
今天朦朦胧胧，绵延在阴沉的天空下。
俗语云，一场秋雨一场寒。
秋蝉，早就开始了鸣唱，
在草丛中的，一棵树上。

我点上一支烟。烟雾
在凝滞的空气中螺旋上升。
地平线越看越模糊
因为烟霭的亡灵们不安分地起起伏伏，
——我便蹲下身来。

天空阴沉着，露出隐约的金色——照旧——
因为太高了，我便垂下头来。
我一直在倦怠中活着啊，
烟草的滋味大约品了三番。
死亡，或许已不再遥远……

Ⅱ

"'那么再见了',说完这话,
眼睛里闪烁着怪异的黄铜般光泽笑眯眯的那个家伙,
便从门旁离开了。
他那笑容,怎么看都不像是活人的。

那家伙的眼睛,呈现着池水澄清时的颜色。
说话的时候,仿佛在考虑其他事情。
话语简短,有特点。
无聊的琐事,也记得很清楚。"

"呃,是吗。——你清楚死亡这件事吗?
若抬头看星星,星星变成的我在微笑哦,就在刚才呢。

…………

就在刚才呢,自己的木屐,今后再也不会是你自己的了。"

Ⅲ

草儿一动也不动呢,
蝴蝶在草丛上翩翩起舞呢。
穿着浴衣,那个人正站在走廊上盯着看呢。

他的模样　我从这边瞧见了。

他目不转睛地盯着，黄色的蝴蝶。

豆腐坊的哨音从四周传来，

电线杆，在傍晚的天幕中清晰可见，

——"我嘛"，那个男人转头看向了我，

"昨天掘起一块约三十贯[1]的石头"，他说道。

——"啊，怎么回事，在哪儿呢？"我问道。

于是呢，那个人又目不转睛地盯着我，

一副很恼火的样子，哎呀……我觉得很惊悚。

这是将死之前的怪异现象吧……

---

1. 在日本明治时代，一贯等于 3.75 千克。

修罗街挽歌

——致关口隆克

Ⅰ 序 歌

讨厌的回忆啊,
滚蛋吧!从前的
怜惜之情与
充实的心灵哟,
快快归来吧!

今天是周日
阳光照着廊台。
——好想再一次被妈妈带着
祭日里为我买纸气球,
天空蔚蓝,所有的事物都闪耀着夺目的光……

讨厌的回忆啊,
滚蛋吧!
滚蛋滚蛋!

Ⅱ 醉　生

我的青春一去不复返,
——在这寒冷的拂晓传来几声鸡啼!
我的青春一去不复返。

确实没有瞻前顾后地存活……
难道我过分活泼?
——天真无邪的斗士,我的心!

即便如此我还是讨厌,
只为对外意识而活着的人类。
——多么矛盾的人生啊。

现在的我已遍体鳞伤,
——在这寒冷的拂晓传来几声鸡啼!
啊,这浸染着寒霜的鸡啼哟……

Ⅲ 独　语

为了让容器中的水不摇晃,
运送容器的时候要分外小心。
若要做到如此,
就觉得容器越大越好。

但如此这般折腾，
便连寻找窍门的余地都没有了……
这颗心呢，
还是谦卑地等待神的恩惠吧。

Ⅳ

这日子越来越寡淡了
冷雨潇潇地飘洒着
在比水还淡的空气中
夹杂着丝丝林木的清香。

诚然今日已至深秋
犹如叩击石块发出清冷声响。
甚至连回忆都没有了
梦想还有存在的必要吗？

诚然我是块顽石
影子一般地生存着……
我想呐喊却没有语言
仿佛天空无边无际。

怀揣一颗悲怆之心
无意识地握紧拳头

可我又能谴责谁?
苦闷至哉苦闷至哉。

雪 夜

飘落在青色呢帽上的雪
是往日重现还是喃喃私语
　　　　　　——北原白秋

飘落在酒店屋顶上的雪
是往日重现,还是喃喃私语?

　　呼哧呼哧烟囱喷着烟雾,
　　红色的火苗蹿腾扬起尘灰。

今夜天空漆黑一片,
从昏暗的天空飘落的雪……

　　已经确切分手的那个女人,
　　现在在做什么呢。

已经确切分手的那个女人,
不久还会回来吧

我默默地喝着酒

　　悔之又悔心思恍惚。

我默默地默默地喝着酒

沦陷在甜蜜的回忆中……

　　飘落在酒店屋顶上的雪

　　是往日重现,还是喃喃私语?

呼哧呼哧烟囱吐着烟雾,

红色的火苗蹿腾扬起尘灰。

成长之歌

I

　　幼年时
飘落在我身上的雪
像丝滑的棉絮

　　少年时
飘落在我身上的雪
雨雪交加纠缠不休

　　十七 —— 十九
飘落在我身上的雪
仿佛散落的年糕碎末

　　二十 —— 二十二
飘落在我身上的雪
总觉得像冰雹

　　二十三
飘落在我身上的雪
像超强暴风雪般肆虐

二十四
飘落在我身上的雪
冷寂无声……

Ⅱ

飘落在我身上的雪
像花瓣般纷纷扬扬
还发出柴火燃烧的声响
天空冰冻阴沉的时候

飘落在我身上的雪
那异常的温柔令我怀念
伸出手接住了飘落的雪花

飘落在我身上的雪
也落在我滚烫的额头
然后如泪水般淌落

对曾飘落我身上的雪
致以殷殷谢意,祈祷神仙
赐你长生不老

飘落在我身上的雪
是多么的圣洁

恰当其时……

恰当其时花儿好似香炉散发着幽香
———波德莱尔

恰当其时花儿好似香炉散发着幽香,
若即若离似有还无的幽香。
潮湿的花瓣,滴落的水声,
匆忙赶回家的人们。

亲爱的泰子,恰当其时
让我们静静地,依偎在一起。
遥远的天空上,飞翔嬉戏的鸟儿
也洋溢着,甜蜜而青涩的恋情。

亲爱的泰子,恰当其时
暮色中的篱笆和群青色的
天空静静地流淌着。

亲爱的泰子,恰当其时
你乌黑的长发柔柔地飘散
花儿好似香炉散发着幽香……

【羊之歌】

羊之歌

——致安原喜弘

Ⅰ 祈 祷

死的时候我须得面朝苍天！
这小小的下颚，即使渺小也要刺向青天！
正因为，某些我无法感知的事物，
作为惩罚，死亡才加诸吾身。

啊，那个时刻我须得面朝苍天！
至少那时，我，会成为洞晓一切的智者！

Ⅱ

期望哟，你这腐朽阴暗的气体，
尽快离开我的躯体！
连同那单调乏味的念叨，
一起停歇，除了整洁我别无所求！

应酬哟，你这阴险污浊的宽容，

莫要再一次将我惊醒!

我宁愿忍受孤寂的啃噬,
我的双臂早已形同虚设。

你,充满疑惑睁大的眼睛哦,
眼皮张开眼眸凝滞不动的眼睛哦,
啊,相信一切却怀疑自己的心哦。

期望哟,你这腐朽阴暗的气体,
快快离开我的身体快快离开!
我,除了荒凉的梦别无所求!

Ⅲ

我的一生仿佛是场可怕的暴风雨,
虽然有时也会有斑斑点点的阳光洒落。

——波德莱尔

有一个九岁的孩子
一个九岁的小女孩
仿佛这世上的空气,她的存在
不过,是一缕有质感的空气
她微微地歪着脑袋

当她与我说话的时候。

我靠着被炉取暖
她就坐在榻榻米上
冬日上午,难得的好天气
我的房间,洒满了阳光
当她微微地歪着头
她的耳垂沐着阳光晶莹剔透。

她十分信任我,放心于我
她的心带着蜜柑的色彩
她虽不曾柔情泛滥,但是
也不曾像小鹿般瑟缩
我能够忘记所有的事情
唯独忘不掉反复玩味这一刻的静好。

Ⅳ

即便如此,我还要直面我苦寂的心
夜复一夜,独自在下宿的公寓中
无所想、想我所想　单调的
简约的心之联弹……

若听得到火车的汽笛

我会想起旅程，幼年的时光
非也非也，并非真的幼年时光和旅程
只是看起来像是旅程，像是幼年时光罢了……

无所想、想我所想的我的心
像一只紧闭的，长满霉菌的木匣
苍白的嘴唇，枯萎的脸颊
在残酷的，寂静中沉湎……

这种种一切，我早已习惯了忍受
而寂寞带来的苦痛，或许自己
都不清楚，只是会像此刻，在某个瞬间
泪流满面，却不再是为恋人而流……

憔 悴

人在疲惫的时候
总会嗓子干渴的……
　　　　　　——凯瑟琳娜·德·梅第奇

Ⅰ

我原本，心怀良善却不自知
晨起便忧愁满怀　这是一贯的思绪
我做梦，梦中怀揣着恶意……
（我也并非安于这种状态，
只是无法自拔）
于是，每当夜晚降临我便思绪汹涌，
想这人世，确如大海一般呢。

我的思绪便飞到了微波荡漾的夜之海洋
我看到，一位面容憔悴的船夫
一边用双手生涩无力地摇着船桨
到底有没有猎物呢
一边目光紧紧地盯着，经过的水面

Ⅱ

以前　我总认为
爱情诗是愚蠢无聊的东西

现在我吟咏爱情诗
觉得它真的有意义

不过时至今日
比起爱情诗本身我更想窥探诗境

我不知晓这样的心态正确与否
总之残存着这样的心意

这时常令我焦躁不安
并使我生出不安分的希望

以前我总认为
爱情诗是愚蠢无聊的东西

但是现在　爱情
只能出现在我的梦中

Ⅲ

因此我是否堕落了
我又怎么会知道呢

日复一日的怠惰令我两臂松弛
而今天太阳依然升起　天空蔚蓝哦

说不定从很久以前
我的双手担起的或许只有这些怠惰

一本正经的希望　也许只是从怠惰之中
派生出来的憧憬罢了

啊　即便如此即便如此
我还是不想成为　只会做梦的男人！

Ⅳ

但是这世间不能仅凭善与恶
简单地理解人类

不能理解人类的无数种理由
这个那个都各有道理

像山阴处清澈的泉水深深地忍耐着
越是安静越是愉快

透过火车的车窗望去　高山　草木
天空　河川　各不相同

而不久过后全部融为一体
天空上升　也许会化作彩虹吧

V

那么怎么做才是有利的呢，
怎么做才不会落人笑柄呢，

总而言之人们夜以继日地揣摩
他人的心意，这世上的人哦

我曾经认为诸位的想法是正确的
便不遗余力地遵从

可是今日我依然孤单地归来
像一根拽紧的皮筋被突然松开了手

于是便从这怠惰的窗户中

用食指拨开一个扇形的缺口

呼吸着蓝天的清爽　享受着闲暇时光
宛如青蛙浮出水面

夜复一夜地仰望星空
啊　天空深处，天空的深处。

VI

但是　我的这种状态依然持续着，
我非常想像其他人一样地做事，
我饱尝着自己人生的苦闷，
甚至艳羡百货商场的配送人员。

无论道理如何清楚
但是心底依然杂乱地布满怀疑的碎屑。
即便很荒诞无稽，但这双方
占据我心，确实都不想从我的心里出去。

偶尔，我的心会被音乐吸引，
整个人便充满了活力，
彼时那两种挣扎在我的心中死去，

啊　天空之歌，大海之歌，
我虽然知道这些美好的，核心的事物
但依然艰辛，因为我无力逃脱怠惰！

生命之声

诸多事业,在太阳底下都显得苍白。

——所罗门

I

我已经对巴赫与莫扎特彻底失去了兴致。
对那种愉悦的,令人飘飘然的爵士乐完全失去了兴致。
我就像一座矗立在雨势稍歇依然阴沉的天空下的铁桥。
簇拥着我的,任何时候都只是寂寥。

我并非在这寂寥中彻底沉沦。
我在寻求,我不停地寻求着什么。
在令人恐惧的坚定的外形之下,还有着更令人恐惧的焦虑。
因此,食欲性欲就仿佛不存在一般。

但是,我并不清楚是什么,也不曾尝试去理解。
我并不认为这是两件事,只不过是一件事而已。
但是,我并不清楚是什么,也不曾尝试去理解。
甚至连赌一把达到目的的方法,我也不曾尝试。

有时会揶揄般地，自己问自己。
是女人吗？是美味吗？是荣誉吗？
于是听到自己的心狂喊着，不是它，也不是它，这个那个都不是！
那么是天空的歌声，清晨，在高空中，响彻穹宇的歌声吧？

Ⅱ

这是无法用任何言语表达的！
简单说，虽然有时候也想解释一下，
但我相信正是因为无法言说的存在，我的人生才有了存在的价值
这就是现实！被玷污的幸福！存在的事物顺其自然就好！

世人，不管知不知晓，都有着幸福的期待，
过分在乎输赢并非好事，
这谁都知道，可类似安心的快感，谁都期望
只要生存于世无论谁，不可能全部如愿以偿！

但是所谓幸福，应是公正无私的存在，
而在聪慧的商人看来，这应该是"白痴"的理解，
没有饭吃便无法生存的人世间，
只能说是不公平的。

但，这就是人世间，
我们在这里生存，也并非完全不公平，

因为我们自身就是法则的构成,
那么,这个世界并不极端,姑且安心吧。

Ⅲ

那么归根结底,是热情的问题。
你,若怒从心生
那就爆发吧!

那么,只有发怒
才是你前方的终极目标,
千万不要把这话不当回事。

因为,只持续三分钟的热情,很快就会熄灭,
而其造成的社会效果还在存续,
这便成为你转向下一行为的障碍。

Ⅳ

日暮时分,苍穹之下,孑然一身有所感悟,之于万事莫有怨言。

谨为亡儿文也的灵魂献礼

往日之歌

【往日之歌】

羞 涩

不知何故　心中涌起羞涩
秋风吹起　白日落向山阴
米槠的枯叶飞向山洼
树干异常温顺地伫立

树枝交错　悲伤笼罩四周
天空中布满孩子们的亡灵　眼睛眨呀眨
这时他们就在那边的原野上
缝补着俄罗斯羔羊皮　做着古代象之梦

米槠的枯叶飞向山洼
树干异常温顺地伫立
那日　树干的孔隙像亲切的眼眸
辉映着你特有的　姐姐般的色彩

那日　树干的孔隙像亲切的眼眸
辉映着你特有的　姐姐般的色彩
啊！往昔那燃烧着的时光时常浮现眼前
我的心　不知何故　不知何故涌上羞涩……

空　虚

在腊月祭祀的　夜场中堕落
　　　胸口　缚着蕾丝
丰满的乳房　袒露着
　　　无依无靠　我是一个舞女

苦闷难过　却不能哭泣
　　　平常的日子里　孕育着黑暗
仿佛远空　琴弦奏响
　　　海峡彼岸　吹来冬日清晨的风

白蔷薇的　造物主般的花瓣
　　　冷冻成冰　心亦丢失
正月里　是少女们集会的日子
　　　她们都是　我曾经的朋友

梯形花瓣集结而成的夜店标识消失不见
　　　只留下胡琴声声　绵绵不休

深夜的雨

——忆保尔·魏尔伦

今夜的雨　一如既往,
　　一如既往地　吟唱着歌谣。
滴滴答答　滴滴答答　缠绵不休。
　　仿佛看到　魏尔伦拖着笨重的身体,
走在　仓库间的路上。

仓库上的防雨斗篷　反射着光。
　　泥浆跟他开了个　湿淋淋的玩笑。
只要　穿过这里,
　　穿过这里就好　多么卑微的希望……
唉　我俩的希望　应该没有什么不同吧?

这希望　与汽车无关,
　　更无关　明亮的街灯。
而对面酒吧的灯　散发着颓废的诱惑,
　　此刻远方传来　雷声的共鸣。

早春的风

  金色的风一整天都没有停
 风中传来银铃声
金色的风一整天都没有停

  戴着女王的桂冠
 坐在桌前
望着对面宽敞的窗户

  外面刮着金色的风
 风中传来银铃声
金色的风一整天都没有停

  枯草发出悲怆声
 云朵在空中飘飞
阳光愉悦地展示着曼妙身姿

  茶褐色的泥土散发着清香
 晾衣杆伸向天空
上坡路虽然平稳

但是青女的下颚

与山岗上的树梢针锋相对

金色的风一整天都没有停……

月

今宵的月儿贪吃了过多的野姜
药厂屋顶上搁置的琵琶不再鸣响
石灰散发出的气味不算可怕
灌木在夜空中默立
姊妹们已经入眠,母亲关闭了红色的格子门!

目光转向阳台
看见一枚遗落的铜币,也许是奖章
是今天白天文子[1]遗落的
明天还给她
顺手便放进了口袋里,月儿贪吃了过多的野姜
灌木在夜空中默立
姊妹们已经入眠,母亲关闭了红色的格子门!

---

1. 文子,日本学者解读为可能是上文提到的姊妹中的一个。

清纯的眼眸

Ⅰ 夏日清晨

沉溺悲伤黎明会来
　　　心情愉悦黎明会来
不对，应该怎么说呢？
　　　悲伤的夜也会迎来黎明！

清纯的眼眸一动不动，
　　　整个世界还在沉睡，
"那时"不断地流逝，
　　　啊，这是很久很久以前的事情。

清纯的眼眸动也不动，
　　　——也许现在正在转动呢……
清纯的眼眸动也不动，
　　　美到令人心痛！

此刻的我坐在昏黄的灯影里。
　　　那之后又是怎样的情形……
其实，"那时"啊的一声便过去了！
　　　像苍白的，喷涌而出的蒸汽。

Ⅱ 冬日清晨

那之后到底怎样了呢……

我也不是很清楚

总之从朝雾弥漫的机场

飞机的影子永远消失了。

剩下的唯有冷硬的砂砾和遍地荒草

还有割裂脸颊般的寒冷。

——这残酷的空虚感在清晨尤其强烈

世人不得不强颜欢笑

实在有点可怜

可即便如此每当身临其境

依然会笑容满面

彰显着优越感。

阳光穿透浓雾，草叶上寒霜融化，

远处的农家传来几声鸡啼，

但是朝雾日光寒霜鸡啼

这些都很难打动人心。

人们最终回家坐到饭桌前。

　　（机场里唯独剩下我一人。

　　　踢着空空的棒球拍盒）

三岁的记忆

阳光照着走廊,
树脂抱着多彩的梦,
庭院里栽种着一棵柿子树,
地上是枇杷黄色的土　苍蝇嗡嗡地飞。

我被抱到厕坑上,
一会儿便出来几条蛔虫。
那蛔虫在厕坑里蠕动
因为蠕动,我被吓呆了。

啊啊,实在太可怕了
可怕到不可想象,
我忍耐了一会儿
终于忍不住　大哭起来

啊啊,太可怕了太可怕了
——房间里　静悄悄的,
隔壁的人都飞天上去了!
隔壁的人都飞天上去了!

六月雨

忽然又下起来　上午的雨
带着菖蒲的　新绿
好像眼睛水汪汪的　长脸女人
在视野中出现　顷刻消失

在视野中出现　顷刻消失
留下无边惆怅　雨淅淅沥沥
飘落到　田地里
飘洒着　消失了踪迹

　　敲着鼓　吹着哨子
　　天真烂漫的孩子　星期天
　　在榻榻米上　做游戏

　　敲着鼓　吹着哨子
　　正玩得高兴　下起了雨
　　窗棂外　雨下个不停

下雨的日子

*

街上下着大雨,
家家户户的护墙腰板斑驳不堪。
平素愚弄的目光此刻也沉静安详,
我从花瓣纷飞的梦中醒来。

*

佩带着淡褐色的古刀刀鞘,
操着近畿方言的儿时朋友,
你的额头四四方方。
我想起了你。

*

磨刀声哟,钝重的声音哟,
来自衰老疲惫的身体,
在雨中依然能听清远方的声音,
来自那么温柔那么温柔的嘴唇。

*

砖瓦的颜色透着哀伤
雨中的天空忽隐忽现。

怀念那个聪慧少女的黑发，

以及父亲慈祥的面容……

春

春天的土地和草尖仿佛沐浴着汗珠透着鲜亮
汗珠即将消失的时候　云雀飞向高空
今天早晨没有从瓦屋顶传出牢骚
合唱声从长长的校舍飞向了云霄。

啊，终于安静下来。
该我出场了，今年的这个春天属于我。
在我胸腔里跳动了很久的希望，
今天化作庄严的深蓝从天空降临。

我被看到的场景惊呆了，傻傻的
——那灌木丛荫下的，是小溪银光闪闪的小溪泛着微波的小溪？
灌木丛荫下的是小溪银光闪闪的小溪泛着微波的小溪？

一只大猫转过头来　笨拙地
滚动着一只铃铛，
我看到一只铃铛在滚动。

春天的诗

流水缓缓　娇羞浅浅，
水流逝处　茫茫天国？
我心亦将　散落远方，
埃及烟草　烟圈弥漫。

流水缓缓　隐忧泠泠，
所去之处　青青山麓？
亦或流向　素昧平生
不可思议　幽秘之处……

在正午　香甜的梦境中，
是否到达原野乃至天空尽头？
是否哇哇地　痛哭一场

流经黄色的库房，白色的谷仓
流到看得见水车的远方，
流啊流　直到踪迹全无？

夏　夜

啊，在我疲惫不堪的心中
樱花般的　女子飘然而过
樱花般的女子从我心中飘然而过。

夏日夜晚　走在稻田的沉淀物里，
怨恨令人神志不清
——环绕盆地的山峦还在吗？

赤脚踩在绵绵细沙上，
我放弃睁大双眼仰望天空的想法，
弥漫着雾气的夜空　又高又黑。

弥漫着雾气的夜空　又高又黑，
父母的慈爱也起不到丝毫慰藉，
——在我疲惫不堪的心里　花瓣飘然而落。

在我疲惫不堪的心里　花瓣飘然而落
好像铜锣遇上了和服。
烟霭固然璀璨，暑热依然难当！

稚兽之歌

黑夜笼罩着荒草深深的原野，
一匹野兽在灭火罐中
击打燧石，制造火星。
风搅动着冬天　发出嘶鸣。

稚兽　已经什么都看不到。
除了击打燧石和月光
什么都唤不醒它，它抱着火星沉睡，
在灭火罐中直面对神灵的亵渎。

仿佛雨过天晴记忆聚焦一点
波浪起时，曾与风并肩。
啊，多么美好的传说——
奴隶与公主都美到极致。

　　蛋壳般公子哥儿的假笑
　　与愚钝的孩子们的表情，
　　都令稚兽恐惧。

黑夜笼罩着荒草深深的原野，
一匹稚兽的心在纠缠不休。

黑夜笼罩着荒草深深的原野——

从前，连独角戏也是那么美丽……

这个小孩

精灵在空中飞来飞去,
荒野中
苍白的
这个小孩。

若黑云在空中扯出一条线
这个小孩
流出的眼泪
是银色的……

将地球分成两半多好,
一半留给世人出行观光,
那么我就到另一半坐下来
那里只有蓝蓝的天——

花岗岩
海边的天空
御寺的屋顶
以及大海的尽头……

冬天的记忆

白天，寒风中捉到一只麻雀并爱不释手的那个小孩，
夜里，忽然死去了。

次日清晨落了霜。
孩子的哥哥出去发电报。

夜色再次降临，母亲还在哭泣。
父亲，远洋航海去了。

无人知晓那只麻雀后来的去向。
北风把来往的道路吹成一片雪白。

当吊水桶的声音响起的时候，
收到了父亲的回电。

霜一天天地落着。
远洋航海的人至今未归。

那之后母亲的情况无人知晓……
发电报的哥哥，今天在学校受到了批评。

秋　日

　　走在河滩　林荫路的　树荫里
秋天仿佛　美女的　眼睑
　　泫然欲泣　空气　湿漉漉的
古时的　马蹄声声　依稀传来

　　因为　经年累月的　疲惫
去国道上　走走　秋意　沁入心扉
　　若说　一无所有　确实　一无所有
唯木屐　声声　叩击　心灵

　　这时阳光　照耀着　半壁河滩
一只简陋的　木筏子　顺水漂远
　　原野　在对岸　绵延　铺展

　　同行的友人　那诙谐的　话语
不可思议地　融入　空气中
　　秋天　在挂念的　嘴唇　结束

寒 夜

冬天的夜晚
我的心沉浸在悲伤中
一味悲伤,毫无理由……
心生了锈,紫迹斑斑。

门紧紧地关闭着,
旧时光变得恍惚。
丘陵之上
棉铃突然开裂。

此刻柴火正在燃烧冒着烟,
那烟雾,仿佛洞晓一切
无依无靠地上升着

无欲
无求,
我的心也冒着烟雾……

冬日黎明

瓦片上残雪稍稍凝固,
枯树的枝丫像小鹿般昏昏欲睡,
冬日清晨六点
我的脑袋也昏昏沉沉。

鸟儿鸣叫着飞过——
庭院地面也小鹿般昏昏欲睡。
——树林不见了农家不见了,
天空悲哀地衰弱。
   我心悲痛……

不久微弱的阳光照射过来
蓝天拉开帷幕。
天空之上朱庇特的大炮轰鸣。
——四周群山沉降。

农家庭院打了个哈欠,
道路向天空问好。
   我心悲痛……

塑造一个老人

——《虚无的秋天》第十二篇

在静谧的内心塑造一个老人
让他在那里尽情地忏悔

我渴望着忏悔
因为尽情的忏悔能让灵魂得到宽恕

啊,尽情的哭泣是我最大的期待
父亲母亲兄弟朋友,甚至身边不熟悉的人通通忘却

像黎明的天空像掠过山丘的晚风
像微风摇动小旗般地哭泣

或者像离别话语的回声,飞入云霄,回荡在原野尽头,
混杂在海风中永远地飘逝……

  尾 歌

唉,由于吾辈懦弱,长时间、非常长的时间内

在无聊虚无的事情上耗费着心力,忘记了哭泣,
确确实实忘记了哭泣……

(《虚无的秋天》共二十几篇大都散佚不见了。只有其中的第十二篇,拜诸井三郎作曲所赐,得以残存。)

湖　上

当月儿轻盈地浮出水面，
我们便去湖上泛舟吧。
浪波哗啦哗啦地拍打，
风儿轻柔地吹着。

湖面上有些昏暗，
船桨上滴落的水声
好像喃喃细语，
——偶尔会打断我们的交谈。

月亮仿佛在竖起耳朵偷听，
它稍稍俯下身来，
当我们接吻时
月儿就在我们的头顶。

你不停地说着话，
说着无聊的任性的话，
我会毫无遗漏地倾听，
——但是不要停下划桨的手。

当月儿轻盈地浮出水面,
我们便去湖上泛舟吧。
浪波哗啦哗啦地拍打,
风儿轻柔地吹着。

冬 夜

I

今夜静悄悄的
药罐发出轻微声响
我在幻想女人
我并没有女人

因此丝毫不会辛苦
她弹性十足妙不可言
在空气般的幻想中
我描绘着女人
她弹性十足妙不可言
夜晚澄明寂静
听着药罐发出的声响
我做着关于女人的梦

于是夜更深更浓了
在这只有狗儿还醒着的冬夜
影子、烟草、我与狗
还有妙不可言的鸡尾酒

Ⅱ

没有比空气更好的存在
没有比寒夜的室内空气更好的存在
没有比烟草更好的存在
没有比烟草的烟雾更令人快乐的存在
不久你就会明白
很快你就会与我有同感

没有比空气更好的存在
像寒夜里消瘦的半老徐娘的手一样
像那手的弹性一样　柔软且坚实
像坚实一样　像那手的弹性一样
像烟雾一样　像她的热情一样
像是在燃烧　像是要消失

没有比冬天的室内空气更好的存在了

秋的消息

清晨，麻被裹住了身体
鸟雀的鸣叫声变得清脆
烟囱冒出的烟，随风飘散

火山灰仿佛都变得冰冷
大气底层愈发鲜亮澄明
蓝天冷冷沉降

如果在教堂的石阶上
晒太阳　能看到
笼罩在阳光中的花儿
背阴处，还会传来杂乱的虫鸣

沐浴着秋阳，身体暖洋洋的
手脚却有些冰凉
这些时日，广告气球会
飘扬在新宿的上空

骸　骨

快看快看，这是我的骸骨，
遍布生前的辛劳
冲破惹人讨厌的肉身，
被雨水冲刷得苍白，
骨头的尖端，突兀地刺出。

它失去了光泽，
只是恶作剧般泛着苍白，
汲取雨露，
任凭风吹，
映照出几许天色。

想起生前，
它也曾端坐食堂，
在杂乱拥挤的人群中，
吃着凉拌鸭儿芹，
多么滑稽啊。

快看快看，这是我的骸骨——
在一旁注视着的是我？多么滑稽啊。
难道是灵魂不肯归去，

又返回骸骨遗留之处,
照看着它?

在故乡的小河畔,
站在濒临枯死的草丛中,
凝神注视着的——是我吗?
恰好告示牌的高度,
骸骨白森森地矗立着。

秋日狂乱

我已经一无所有
我赤手空拳
我并不为此哀叹
我愈发空空如也

即便如此今天仍然是个好天气
刚刚有许多飞机在飞
——欧洲发生了战事？还是没有发生
这种事鬼才知晓呢

今天确实是个不错的天气
天空的蓝也仿佛浸润着泪水
白杨树唰啦唰啦随风摆动
孩子们刚刚玩得兴高采烈

除了在屋外晒完太阳
来取月薪的妻子与修理店老板外再无一人
修理店老板击打小鼓的声响
是对这座光明的废墟唯一的赞美

啊,谁来帮帮我吧
第欧根尼时代的小鸟们还在欢唱
而今日麻雀都不鸣叫
就连落在地上的阴影,也变得淡淡的!

——可是那个乡下的女孩去了哪里
那朵紫色的花已经风干了吗
阳光不再照耀草地了吗
飞天的梦想早已消失了?

我究竟在说些什么呀
是被莫名的错乱恍惚了心神吗
蝴蝶都飞向了哪里
现在难道不是春天,竟是秋天

那么,就喝点浓浓的果子露吧
有点凉,那就用粗粗的吸管喝吧
别打瞌睡,不要走神只管喝吧
什么都不求,什么都不想……

朝鲜女

朝鲜女走在大街上
她衣服上的带子
被秋风揉搓着飘起来
她紧紧地拽着孩子的手
那张脸上额头紧蹙
赤铜色的肌肤干巴巴地皱着
那是张在思考问题的脸
——诚然我也是沦落之人
在她心里我也有些不正常吧
她稍稍打量了我几眼
便催促着孩子离开了……
像风偶尔吹起一粒尘埃
什么改变都没有
像风偶尔吹起一粒尘埃
什么都没有改变……

夏夜的白日梦

闭上眼睛昏昏欲睡
但见漆黑一片的运动场上
只有那日白天看到的
棒球队的运动服闪着微弱的白光——

队员们各自站在守备位置
狡猾的投手依然如故
那个轻举妄动的二垒手
保持着一贯的状态

不过没有出现期待的全垒打
正满怀遗憾的时候
棒球队、击球员统统不见了
只剩下空无一人的运动场

忽然间又是暑热难当的正午运动场
环绕着运动场的白杨树
绿油油的叶子正翩翩起舞
蝉鸣声声分外刺耳
正满怀遗憾的时候……睡着了

春天与婴儿

在油菜花田睡着的……
在油菜花田吹着风的……
难道不是那个婴儿吗?

不,在空中鸣叫着的,是电线是电线
终日不休,在空中鸣叫着,那是电线呢
虽然在油菜花田睡着的,是那个婴儿

一直在奔跑着的,是自行车自行车
在对面的马路上,奔跑着
浅粉色的,风一般地……

浅粉色的,风一般地
奔跑着的是油菜花田还有天上的白云
——婴儿就放在田边

云 雀

终日在空中鸣叫不休的
啊,是电线,电线呢
终日在天上啼叫不止的
啊,那是云之子,小小的云雀

蔚蓝蔚蓝的　天空中
它们团团地飞旋着　冲入云霄
叽叽喳喳地啼叫着
啊　那是云之子,小小的云雀

缓缓移动着的是油菜花田
向着地平线方向,地平线方向
缓缓移动着的是一座座山
在蔚蓝蔚蓝的　天空下

那个睡着了的,在油菜花田里
在油菜花田里,睡着了的
在油菜花田里吹着风
睡着了的是那个婴儿吗?

初夏之夜

今年的夏天还是如约而至,
夜里,被暑气催醒的白熊,
穿过沼泽地从远处走来。
——发生过各种各样的事情。
曾做过各种各样的事情。
开心的事情,也曾经历过,
可回想起来,一切都那么伤感
它们发着铁轨的、轧轧摩擦声
呈现暮色昏沉的情形
幼年、老年、青年以及壮年,
都十分可怜地大声叫喊着,
在黄昏中飞蛾的下方
它们脆弱地仰起可怜的下巴。
虽然今夜是六月良宵,
虽然舒爽的风送来遥远的问候,
我还是陷入莫名的悲伤,
因为刚刚消失的铁轨的声响,
大河之上、铁桥之上,深灰色的天空若隐若现。

北　海

住在大海里的，
并非美人鱼。
住在大海里的，
只有波涛。

在北海阴云密布的天空下，
波涛无所不在地磨着牙齿，
咒骂着天空。
无止无休地咒骂着。

住在大海里的，
并非美人鱼。
住在大海里的，
只有波涛。

天真的歌

回忆从遥远的地方袭来
十二岁那年的冬日傍晚
汽笛在码头的上空鸣响
喷发的蒸汽而今飘落何方

云间的月亮
听到汽笛声
悚然地缩起身子躲到云后
月亮一直留在那个时空里

那以后又过了多少年呢
犹记得茫然地
追逐着汽笛蒸汽空余悲伤的岁月
那时的我而今何方

现在我已娶妻生子
从遥远的地方一路走来
此去经年前路茫茫
活着就要一直走下去

活着就要一直走下去
那些远去的日日夜夜
那么疯狂的爱恋
总觉得不太真实

只要我活着
终究会全力以赴
我这性情连我自己
都觉得可悲

试着想想吧
最后我拼尽了全力
也拥有了从前的恋情　那么
又会怎样进展呢

想想终归简单
毕竟只是意识问题
还是要想方设法做事
只要努力就好

想终归只是想
十二岁那年的冬日傍晚
码头上空鸣响的汽笛
喷发的蒸汽而今飘落何方

静　寂

什么都不想知道，
我的心中一片静寂。

　　星期天我独自站在走廊上，
　　——大家都去郊游了。

石板反射着冷冷的光，
小鸟在庭院里啼鸣。

　　没有关紧的水龙头
　　落下来的水滴，突然闪光！

地面是蔷薇色，空中有云雀飞过
正是最美的四月天。

　　什么都不想知道，
　　我的心中一片静寂。

滑稽的歌

将月光曲
传授给盲人少女的
是贝多芬还是舒伯特呢?
今夜我的记忆有些错觉,
总是傻傻地分不清,
虽然感觉应该是贝爷,
也没准儿就是舒伯呢?

雾气氤氲的秋夜里,
他们坐在庭院的石阶上,
沐浴着月光,
俩人默默无语,
不一会儿进入琴房,
弹出如泣如诉的钢琴曲,
那个弹琴者,难道不是舒伯吗?

街灯朦朦胧胧
维也纳的郊外
星星都要滑落的寂静的夜晚,
小虫子在草丛中起劲地叫着
传教士的第十三个儿子,

那个短脖子的男子,
似乎捉起盲少女的手,
在琴键上投入地弹着,
眼看着要沁出汗珠的额头,
架在鼻梁上廉价兮兮的眼镜,
圆滚滚的后背看起来那么滑稽
仿佛呕吐般地弹奏着的,
那个人,难道不是舒伯吗?

究竟是舒伯还是贝爷,
且一边去吧,
今宵东京的夜空有流星划过
我且举杯畅饮,
仰望那一轮明月,
舒伯和贝爷,他们早已不在人世,
甚至连早已死去这件事情,
又有谁会知道呢……

往　事

晴天丽日下的海平面
竟然如此美丽！
晴天丽日下的海平面
不就是闪亮的金波银浪吗

我的心被海面上的金波银浪
牢牢地吸引着
信步来到岬角边，金波银浪
依然在更远的海面上闪着光

在岬角头上有家砖瓦厂
砖瓦厂的院子里晾着砖瓦
晾着的砖瓦火红火红的
但是工厂中，没有一丝声响

在砖瓦厂，坐了下来
我点上支烟抽着
当我心不在焉吸着烟的时候
听到大海的方向传来波涛的轰鸣

当波涛在大海上轰鸣

我依然心不在焉吸着烟
心不在焉吸着烟的时候　大脑和胸口
热热乎乎地暖和起来

热热乎乎地暖和起来了呢
岬角的工厂沐浴着春日暖阳
砖瓦厂没有一丝声响
鸟儿在背面的树丛里歌唱

即便鸟儿歌唱　砖瓦厂
还是无动于衷一声不响
即便鸟儿歌唱　砖瓦厂的
窗户玻璃依然沐浴着阳光

即便窗户玻璃沐浴着阳光
却感受不到丝毫暖意
早春丽日下的
位于岬角头上的砖瓦厂哟！

…………

砖瓦厂，后来被废弃了
砖瓦厂，彻底死掉了
砖瓦厂的，窗户玻璃
据说已经破碎不堪

砖瓦厂,遭废弃后逐渐衰败
树丛前方,如今毫无生气
树丛中的鸟儿,虽然还在鸣叫
砖瓦厂,却走向了死亡

海面上的波涛,至今还在轰鸣
庭院里的泥土,还晒着阳光
砖瓦厂里,却再也没有工人进出
砖瓦厂,我也不再去了

曾经冒着烟的烟囱,
如今毛骨悚然地,矗立着
下雨的时候,尤其阴森恐怖
即便是晴朗的日子,也相当恐怖

就连相当恐怖的烟囱
如今一点点花招,都使不出来了
这么庞大的,曾不可一世的老战士
时常心怀怨恨,目露凶光

它的眼神令人恐惧,如同今天的我
我来到海边,坐在岩石上
无所事事地垂着头,想起往事
我的胸中,便波涛汹涌

残 暑

在榻榻米上，随意躺着，
苍蝇嗡嗡地　在身边飞
"榻榻米　也都变黄了"
今天早晨　是谁在我耳边嘀咕

这事那事　乱糟糟一团
我的脑海中　记忆浮现
放任着记忆涌现　在记忆中浮沉
不知不觉　我睡了过去

醒来时　已近傍晚
秋蝉　还在鸣叫着
树木的枝梢　沐浴着阳光，
我给庭园树木　洒水

　　　　洒水时，树木下方的叶尖上
　　　　一直一直地闪着光，我看到

除夕的钟声

除夕的钟声在黑暗遥远的天际鸣响。
颤动着千万年之久,陈腐的夜之空气,
除夕的钟声在黑暗遥远的天际鸣响。

那是寺院的森林烟雾笼罩的上空……
钟声在那里鸣响,然后余音扩散而来。
那是寺院的森林烟雾笼罩的上空……

届时孩子们都围在父母身边吃着荞麦面,
届时银座人潮汹涌,浅草亦是人潮汹涌,
届时孩子们都围在父母身边吃着荞麦面。

届时银座人潮汹涌,浅草亦是人潮汹涌。
届时囚犯们,会是怎样的心境,会是怎样的心境呢,
届时银座人潮汹涌,浅草亦是人潮汹涌。

除夕的钟声在黑暗遥远的天际鸣响。
颤动着千万年之久,陈腐的夜之空气,
除夕的钟声在黑暗遥远的天际鸣响。

雪　赋

下雪的时候，人生
悲凉而美丽——
我愁绪满怀地想。

雪花飘飘，既堆积在中世纪灰暗的城墙上，
也飘洒在大高源吾的时代里……

许许多多孤儿的手，
因此而冻僵，
都市的傍晚因此弥漫着浓浓的哀伤。

在俄罗斯的乡下庄园，
在木栅栏对面见到的雪，
是令人厌烦的无止无尽。

下雪的日子　就连高贵的夫人们，
也会发出些微的牢骚吧……

下雪的时候
我总会愁绪满怀
——想人生美丽且悲凉。

我这半生

我非常辛苦地一路走来。
究竟是如何辛苦,
我连半点儿表达的欲望都没有。
这辛苦果真有价值吗
还是毫无价值可言?
此类问题我没有考虑过。

总之我一路辛苦地走来。
确确实实辛苦地走来!
于是,现在,此处,书桌前,
我开始审视自己。
除了默默凝视伸出的手
我什么都不能做。

　　今宵屋外,树叶轻摇。
　　是久违了的,春之良宵。
　　于是,我安静地死去,
　　就这样坐着,死去。

独身者

秋风拍打着肥皂箱
在郊外,与繁华市区交界的路上
女行商独自走着

——她是个独身者
她的眼睛高度近视
她平常都穿着正式服装
她曾经在图章店工作

现在她正从澡堂里出来
下午三点的阳光淡淡地照着
风拍打着她的肥皂箱
在郊外,与繁华市区交界的路上
女行商独自走着

春宵感怀

雨停了,风轻轻地吹。
　　云飘飘,月朦胧。
朋友,今夜正值春宵。
　　微微温暖的风,轻轻地吹。

我不由自主,深深叹息,
　　那些遥远的,幻想,
不停地涌现,触手难及。
　　无论对谁,都无法言说。

无论对谁,都无法言说的
　　存在,正因为如此,
才是活着的佐证?
　　但是,我却不能明示于人……

就这样,人们各自
　　用心揣度着世界,与他人会面时
面带着得体的微笑
　　就这样,度过自己的一生。

雨停了，风轻轻地吹。

　　云飘飘，月朦胧。

朋友，今夜正值春宵。

　　微微温暖的风，轻轻地吹。

阴 天

　　某个清晨　我看到天空中,
黑色的旗帜　在迎风飘扬。
　　它随风而动　唰唰作响,
可我听不到声音　因为太高了。

　　我想用手　把它放下来,
可是　没有缆绳　未能如愿,
　　旗子起劲儿地　唰唰摇摆,
在天空深处　舞蹈一般。

　　第二天的少年日　也一直悬挂着,
记忆中　此番情形　我反复看见。
　　彼时是　飘荡在　原野上,
此时是　在都市的　瓦屋顶上。

　　彼时　此时　隔着时间,
此处　彼处　空间迥异,
　　唰啦　唰啦　孤零零地　在天空飘着,
至今　没有改变的　只是那面　黑色的旗。

蜻蜓寄怀

分外晴朗的　秋空中
红蜻蜓　飞呀飞
沐浴着　淡淡的夕阳
我站在　原野上

远处工厂的　烟囱
在夕阳下　显得朦朦胧胧
深深地　一声叹息
我蹲下身来　拾起一块石头

石头　冰凉的
好不容易在手中　有了温度
我便将其扔掉　这次盯上了野草
夕阳中的野草　被拔起

被拔起的野草　趴在地上
一点儿一点儿　枯萎
远处工厂的　烟囱
在夕阳下　显得朦朦胧胧

【永诀之秋】

一去不复返

——京都

我身处此世的尽头。阳光温暖地洒落,风摇着花花草草。

木桥积满灰尘终日沉默,邮筒永远红彤彤的,插着风车的婴儿车,一直停在大街上。

大街上看不见居民和儿童,我一个亲人都没有,不时察看风向标上空的色彩变化,成为我的工作。

虽然如此却并不感觉无聊,空气中有蜜,这蜜不是凡物,适合经常食用。

也曾试着吸烟,只因喜欢烟草的味道。不过我这个人,只在室外吸烟。

我喜欢的随身物品,有一条毛巾。虽说还有个枕头,至于被褥便连个影子都没有,有过牙刷什么的,但只有一本书,里面什么都没写,经常拿在手上掂掂轻重,是我唯一喜欢做的事情。

女人嘛，诚然有过爱慕的，但是一次都没想过约会。只是做过很多梦。

不知什么难以名状的事物，不停地鞭策着我，虽然目标都没有，希望仍然在我的胸腔里怦怦跳动。

…………

在树林的中央，有座世间不可思议的公园，女人、孩子、男人们都和蔼可亲到令人毛骨悚然的地步，他们散步其间，操着我听不懂的语言，流露着我看不懂的感情。

那天空上张着银色的蜘蛛网，正闪闪发亮。

童话一则

秋夜,在遥远的地方,
有一片满是碎石子的河滩,
而日光,沙沙地
沙沙地照射着。

说是日光,其实更像石英之类,
一种特殊物质的粉末,
正因为它们,河滩才闪闪烁烁
还发出微弱的声响。

在碎石上,正停着一只蝴蝶,
浅浅的,但非常鲜明的
影像投落下来。

不久那只蝴蝶便消失不见了,不知不觉间,
刚才还干涸的河床,河水
沙沙地,沙沙地流动起来……

幻 影

在我的脑海里,不知何时
入住了一个薄命的小丑,
他穿着纱织的衣服,
而且,沐浴着月光。

动辄,他做出孱弱的保证,
清算时,便打着手势比画着,
他的意思,我从未尝试去参透,
徒留下　悲伤的记忆。

伴随着手势,他的嘴唇也在嗫嚅着,
仿佛观看古老的剪影画——
一点儿声响都不发出,
说的什么　自然无人知晓。

沐浴着洁白的月光,
在怪异而明亮的雾气中,
缓慢地晃动着朦胧的身躯,
只有目光始终,真诚如初。

厚脸皮女子的丈夫之歌

你爱着我,从来不曾
憎恨过我。

我也爱着你。似乎从前世开始
缘分已定。

于是两颗灵魂,不知不觉间就温情脉脉地相爱
多年来已成习惯。

可即便如此两人之间,
还是有着严重的心思不专。

极为自然的爱情,
有时难免令人腻烦。

比起上佳的香水芳香,
有人偏偏喜爱医院的,淡淡气味。

因此最亲密的两个人,
有时互相憎恶至极。

而事后往往陷入
莫可名状的懊悔中。

啊呀，两人之间心存不专，
这是容易被忽视的真实存在。

比起上佳的香水芳香，
有人偏偏喜爱医院的，淡淡气味。

无言的歌

她去了遥远的地方
我不得不在此苦苦等候
这里空气稀薄而苍白
我如葱须般卑微纤弱

决不能着急
我必须在此耐心等候
不能如少女般不安分地眺望远方
我确信在这里等候就好

即便如此她远去的身影依然在夕阳中模糊
仿佛号笛发出的声音低沉而微茫
但我没有勇气跑去那里
我确信必须在这里等候

就这样等待着终于喘息平稳下来
我确信能够抵达她那里
可是她却像烟囱冒出的烟
远远飘散　永远消逝在暗红色的天幕里

月夜海滨

一个有月亮的夜晚,一枚纽扣
被遗落在,海滨沙滩上。

我拾起了它,并非觉得
会有什么用处
只是不忍将其舍弃
我将它放进,袖兜里。

一个有月亮的夜晚,一枚纽扣
被遗落在,海滨沙滩上。

我拾起了它,并非觉得
会有什么用处
  但我没有将其抛向月亮
  也没有将其丢进海浪里
我将它放进,袖兜里。

月夜,拾到的这枚纽扣
触动了我的指尖,打动了我的心。

月夜，拾到的这枚纽扣
到底怎样，才能将它舍弃？

春天还会来……

人们说春天还会来
但我依然充满困惑
春天回来又能怎样
我的孩子还能重返人间吗

犹记得今年五月
我抱着你去动物园
看到大象你喊猫咪
看到小鸟你喊猫咪

只有最后看到鹿
你被鹿角深深地吸引
一言不发　静静地凝视

孩子,那时的你
正处在这世间光明的中心
静静地凝视着……

月　光　其一

月光漫洒清辉
月光漫洒清辉

　　在庭院角落草丛里
　　躲藏着的是死去的孩子

月光漫洒清辉
月光漫洒清辉

　　哎呀,提西和阿曼特尔[1]
　　从草坪上走过来了

虽然抱着吉他走过来
却随手将其丢在一边

　　月光漫洒清辉
　　月光漫洒清辉

---

1. 提西和阿曼特尔是法国诗人魏尔伦《曼陀林》诗歌中的出场人物。

月　光　其二

哦，提西和阿曼特尔
到庭院里玩耍来了

今夜是真正的春宵
微暖的烟霭飘荡着

他们披着月华
坐在庭院的长凳上

虽然吉他就放在身边
但丝毫也不想弹响

草坪对面是森林
笼罩着浓浓的黑暗

哦，在提西和阿曼特尔
悄悄私语的时候

死去的孩子在树林中
仿佛萤火虫一样地蹲着

村子里的钟

村子里的巨钟
终日不停地走动

钟盘上的喷漆
已经不再鲜艳

若走近细看
上面有许多细小的裂纹

每当夕阳照射着它
便呈现出淡雅的色彩

报时之前
会发出呼哧呼哧的声响

是钟盘在响还是里面的机械装置在响
我以及所有的人都不知晓

某男的肖像

I

留洋归来的那个好打扮的男人,
尽管上了年纪头发上依然打着绿色的发蜡。

每夜他都会出现在茶馆,
他跟店老板交谈的样子令人觉得可怜。

听说他的死讯便愈发觉得他可怜。

II

——幻灭　钢铁的颜色

暮色降临,发丝上闪烁着昏黄的灯光
穿过面向庭院敞开着的大门,
他来到室外。

刚剃过的头发、脖颈及手腕
每一处都显得心神不宁,

透着寒意。
从敞开着的大门
风,裹挟着悔恨毫不留情地
刮了进来。

读书、安静地恋爱,
冒着热气的茶以及黄昏的天空
以及风,那里已经什么都不存在了。

Ⅲ

他的女友
隐身于墙中。
只剩下他独自一人,
在空空的屋子里擦拭着桌子。

冬天的长门峡

长门峡,水长长地流。
很冷很冷的日子。

我在一家日式餐馆。
独自喝着酒。

除了我,
店内再无客人。

那水,仿佛有灵魂似的,
不停地流啊流。

宛如蜜柑的夕阳,
不久便从栏杆上滑落。

啊!——也曾有过这样的时光,
日子　很冷很冷。

米　子

二十八岁的那个姑娘，
因患有肺病，小腿非常纤细。
她像一株白杨，在无人通行的
人行道边，站立着。

姑娘的名字，叫米子。
夏天，她的脸，看上去脏兮兮的，
冬季或秋天，又变得很白净。
——她说话嗓音纤弱。

二十八岁的那个姑娘，
若是嫁了人，她的病
就会好起来吧。我这样想着的时候
经常会遇见这位姑娘……

不过那些话，我一次也没有说出口。
也不是特别难以启齿
也不是担心说出来，反倒令其灰心，
不知为何，最终没有开口。

二十八岁的那个姑娘,
站在人行道边,
雨过天晴的午后,像一株白杨。
——她纤弱的嗓音,好想再一次听到……

正 午

——丸大厦风景

啊,十二点的铃声响了,十二点的铃声十二点的铃声
人们络绎不绝络绎不绝地出来啦,出来啦出来啦
领取了月薪后的午休,晃晃悠悠地甩着手臂出来啦
人们一个接一个地出来啦,出来啦出来啦
巨大的建筑有着漆黑的、小小的小小的出入口
辽阔的天空上飘着淡淡的阴云,淡淡的阴云和些许尘埃
人们眼神怪怪地忽而抬头望,忽而低头看……
是谁在低语"没有酒赏樱岂有趣乎,岂有趣乎岂有趣乎?"
啊,十二点的铃声响了,十二点的铃声十二点的铃声
人们络绎不绝络绎不绝地出来啦,出来啦出来啦
巨大的建筑有着漆黑的、小小的小小的出入口
天上吹着风,铃声回响着回响着就消散了

春日狂想

I

当挚爱死去的时候,
唯有自尽可以告慰。

当挚爱死去的时候,
除了自尽,别无良法。

然而即便如此,依然罪孽深重,
依然需要漫长地活着,

需要怀有一颗侍奉之心。
需要怀有一颗侍奉之心。

因为挚爱,已经死去,
因为挚爱确实,已经死去,

因为无论怎样,都无可挽回,
正因如此,正因如此

必须怀有一颗侍奉之心。
必须怀有一颗侍奉之心。

Ⅱ

虽然怀有一颗侍奉之心，
也做不出，特别的事情。

于是比之前，更加精研书本。
于是比之前，更加注重礼仪。

保持着良好的风度散步
虔诚地编织着麦秸辫——

这样一来，简直成了玩具士兵，
这样一来，每一天都是星期天。

在神社的向阳处，慢悠悠地踱着步，
遇到相识的人儿，微笑着打声招呼，

跟卖糖果的老头，成为要好的朋友，
将豆谷喂食鸽子，大把大把地撒着，

感觉光线太刺眼，那就躲到背阴处，

躲在那里重新认识土地和草木。

诚然绿绿的苔藓,令人觉得凉丝丝,
美好到无法言说,今日的这般恬静。

虽然参拜者络绎不绝走来走去,
但我,一点儿也不会上火着急。

　　　　（人生诚如,梦之一瞬,
　　　　　宛如气球,美好短暂。)

气球腾空而起,光彩夺目,然后消失——
"喂,今天,心情还不错吧。"

朋友相遇寒暄过后,又该如何。
找个地方,坐下来喝杯茶吧。

于是兴致盎然地去了茶馆,
可谈话,总是进行不下去。

拿支烟点上,闷声抽着,
总觉得过往难以言说——

外面的世界还真热闹呢!
——不久之后,收到老婆大人的嘱托,

"出门的话,请记得捎口信。
酒,不要喝过头哦"。

马车来,电车往。
人之一生,诚如新嫁娘。

她光彩夺目,美不胜收,微微低着头
若令其开口,也许是"早已厌倦"

她的心也会一时恍惚,
人之一生,诚如新嫁娘。

Ⅲ

那么诸位,
不必过度惊喜不必过度悲伤,
保持良好风度,握个手吧。

总之,我们所欠缺的,
是忠诚老实,还有历练。

嗨,诸位,嗨,让我们一起——
保持良好风度,握个手吧。

蛙 声

天空笼罩着大地,
大地上恰巧有座池塘。
池塘里青蛙整夜都在鸣唱……
——它们,为什么鸣唱?

蛙声,凌空而来,
又凌空而去?
天空笼罩着大地,
蛙声沿水面奔走。

即使此地非常湿润,
我们的心却疲惫不堪,
尤其一家之主,更加焦渴。

脑袋昏沉,肩膀酸痛。
尽管如此,夜晚来临青蛙依然鸣唱,
那声音沿着水面奔跑直追乌云。

《往日之歌》后记

这里收录的，是继《山羊之歌》之后发表的过半数作品。最早的作品是大正十四年的，最新的是昭和十二年的。之所以说继《山羊之歌》之后，因为《山羊之歌》收录的是大正十三年春天至昭和五年春天的作品。

只要写诗就可以称作"诗生活"的话，我的诗生活业已历经二十三个春秋。若是从决定以诗歌作为本职的日子开始才能称作"诗生活"的话，我度过了十五年的诗生活。

在说长也长、说短也短的岁月里，我感受到的思考到的事情不算少。现在想叙说一个大概，但稍一思考便会僵住。我已经什么都不想讲述了。不过从我确定自己的性格最适合诗歌那日之后，便将写诗作为我的本职工作，总之只有这件事，是我想交代的。

我现在归纳整理好这部诗集的原稿，托付给我的朋友小林秀雄，以告别十三年的东京生活，然后回归乡里。暂时也没有其他的新计划，就想着更加专心致志于诗生活。

今后会怎么样呢……一想到此类问题我便陷入无边无际的茫然。

别了，东京！啊，我的青春！

中原中也
一九三七年九月二十三日

中原中也年谱

故乡山口

1907 年 4 月 29 日，中原中也于山口县山口町吉敷郡下宇野令村（今山口县山口市汤田温泉）出生，他是家中长子，父亲谦助，母亲名福。出生后六个月随父母去了旅顺。此后，随着父亲任职地的变迁不断迁居。

1914 年就读于下宇野令小学。

1915 年 1 月，创作诗歌悼念亡弟亚郎。

1918 年，为参加县立（旧制）山口中学入学考试，转学到山口师范附属小学。

1920 年 4 月，以第十二名的好成绩升入县立山口中学。这一时期，开始创作短歌并投稿到《防长新闻》，二年级时，与友人合伙刊行和歌集《末黑野》。在校期间还接触到俄罗斯诗人贝鲁伊的特殊表达手法。过度痴迷文学导致其在升学考试中落第。之后，转学至京都立命馆中学复读。自此，离开故乡，开始了波澜壮阔的青春岁月。

京都时代

1923年，对高桥新吉的诗集《达达主义者新吉的诗》产生了共鸣。开始创作达达主义诗歌，某段时期，被戏称为"达达先生"。与被称作"天空诗人"的永井叔交好，经永井叔介绍认识了见习女演员长谷川泰子。泰子很欣赏中也创作的达达主义诗歌，两人情投意合。

1924年4月，与长谷川泰子同居。开始与东京外语学校学生诗人富永太郎互动往来，深受兰波、魏尔伦等法国象征主义诗人的作品影响。决意去东京发展。

1925年，带着泰子来到东京，居住在丰多摩郡户塚町（今新宿区西早稻田）。参加早稻田高等学院、日本大学预科升学考试落榜。

4月，在富永的介绍下，认识了刚考入东京帝国大学法文专业的小林秀雄。

5月，搬家到杉并町高圆寺，邻近小林位居马桥的居所。这段时间，小林与泰子产生了情愫。

11月，富永太郎因肺结核去世，不久，泰子与小林搬家至杉并町天沼开始同居。中也迁居至中野。

1926年，19岁。

4月，考入日本大学预科班文科。

9月，未经父母允许擅自退学。就读于东京外语学校法文学院。是年，创作《朝歌》、《临终》。

1927年春，与河上彻太郎相识。

10月，经河上介绍，认识了"SURYA"乐团的灵魂人物诸井三郎，委托其作曲。

1928年，21岁。

1月，结识内海誓一郎。

3月，结识大冈升平。同月，父亲谦助胃癌病发。

3月至5月间，两度回乡探望病父。

1929年，22岁。

1月，搬迁至涉谷町神山（今涩谷区神山），紧邻大冈升平、阿部六郎的居所。

4月，同人杂志《白痴群》创刊。参与者有河上彻太郎、大冈升平、安原喜弘、阿部六郎、内海誓一郎、富永次郎、古谷纲武、村井康男。中也和河上彻太郎同为《白痴群》的发起人，《白痴群》年内发行至第四期。

1930年，23岁。

1月，发行《白痴群》第五期。4月，发行第六期，虽然中也激情满满地发表作品，同人杂志发行至第六期还是停刊了。

5月,在"SURYA"乐团的第五场发布会上,《归乡》、《失去的希望》(内海誓一郎作曲)、《做一名老者》(诸井三郎作曲)首次上演。

1931年,24岁。

4月,就读于东京外语专科法语系(夜间班)。与高森文夫交往。

5月,结识青山二郎。

7月,搬家至丰多摩郡千驮谷町872(今涩谷区代代木)。26日,弟弟恰三去世,返乡参加葬礼。

1932年,25岁。

3月,造访安原喜弘、山口,游览了长门峡等地。

5月,开始编撰《山羊之歌》。虽然刊发了预订征集通知,报名者仅十余人。这一时期,出现了神经衰弱症状。

1933年,26岁。

1月左右,向坂本睦子求婚被拒绝。

3月,修完东京外语专科学业。

4月,与芝书店交涉《山羊之歌》的出版事宜未果。

5月,在牧野信一、坂口安吾的引介下加入同人杂志《纪元》。

6月以后,除了同人杂志,还在《半仙戏》《四季》等杂志上发表诗作。

12月,与远房亲戚上野孝子完婚。翻译出版了《兰波诗集》。

1934年，27岁。

7月，和怀孕的孝子夫人一同归省。拜访高森文夫。埋头于兰波诗歌翻译。

9月下旬，只身返回东京。

10月18日，长子文也出生。

11月，定下由文圃堂出版发行《山羊之歌》。结识草野心平。结识太宰治。

12月初，《山羊之歌》完成印刷，归省，初见文也。专心致志于兰波作品翻译。

1935年，28岁。

1月，小林秀雄担任《文学界》总编，中也的发表渠道进一步拓宽。

3月末，只身赴东京。与逸见犹吉、高桥新吉、草野心平等人创办《历程》，5月发行了第一期。

6月，搬迁至牛込区市谷谷町（今新宿区住吉町）。

12月，成为《四季》刊合伙人。

1936年，29岁。

在《文学界》《四季》《历程》《改造》《文艺恳话会》《MURASAKI》《隼》等刊物上次第发表诗歌与评论。

6月，《六月的雨》获文学界奖选外第一名。

秋天，在亲戚中原岩三郎的斡旋下，参加电台（今

NHK）的入社面试未被录用。

11月10日，长子文也因小儿结核病去世。承受着极度悲伤，写下了《文也的一生》《夏夜博览会不亦哀乎》《冬日的长门峡》。

15日，次子爱雅出生。

迁居镰仓

1937年，30岁。

2月中旬，住进千叶县中村古峡疗养所。出院后，搬入神奈川县镰仓町扇谷（今镰仓市扇谷）寿福寺附近的居所。这一时期，决意返乡。

9月15日，《兰波诗集》出版发行。同月，将《往日之歌》原稿誊写完毕，托付给小林秀雄。

10月4日，拜访安原喜弘，诉说头痛和视觉障碍。

10月6日，入住镰仓疗养院。

22日，永眠。现已断明所患疾病为结核性脑膜炎。